372

BRAVOURE ET PATRIOTISME

—

4ᵉ SÉRIE IN-8°.

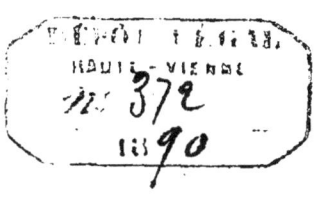

CINQ ANGLAIS L'AYANT APERÇU... (P. 9.)

BRAVOURE

ET

PATRIOTISME

RECITS ET ANECDOTES MILITAIRES

PAR

Fr. DESPLANTES

CINQ GRAVURES

LIMOGES
EUGÈNE ARDANT ET Cⁱᵉ

ÉDITEURS

BRAVOURE

ET

PATRIOTISME

Est-il besoin de dire que, de tout temps,
depuis l'époque reculée où nos ancêtres les
Gaulois défendaient pied à pied le sol de la
patrie contre l'envahissement des légions
romaines, jusqu'à nos jours, jusqu'à l'année
terrible où nos jeunes soldats improvisés ont
héroïquement sauvé l'honneur de la patrie
par leur lutte désespérée contre un ennemi
bien supérieur en nombre et formidablement
organisé, est-il besoin de dire que la France
s'est toujours illustrée par ses vertus guer-
rières?... A toutes les époques de son histoire, dans toutes les classes de la société,
officiers et soldats, mus par une généreuse
émulation, ont accompli des actes héroïques

7

de courage, de remarquables actions de dévouement à la patrie. Loin de nous la pensée de réunir ici tous ces traits glorieux : Plusieurs volumes suffiraient à peine à les mentionner. Notre intention est plus modeste : elle se borne à grouper dans ce petit volume certaines anecdotes, quelques épisodes de notre vie militaire, choisis le plus souvent parmi les moins connus, les plus modestes, mais qui, précisément à cause de cela, montreront mieux que la persévérance des efforts et la continuité du dévouement au drapeau sont aussi utiles et précieux à la Patrie que les plus belles actions d'éclat dont abondent nos annales et dont nous allons d'ailleurs mentionner ici quelques-unes.

Voici d'abord l'un des plus héroïques champions de l'ancienne monarchie française, Bertrand Duguesclin, né en 1320 et mort en 1380, le glorieux breton, l'adversaire acharné des Anglais sous les règnes de Jean-le-Bon et de Charles V. Le célèbre connétable faillit mourir au siége du château d'Essay, situé dans le bas Poitou. La place avait été emportée à la première attaque. L'intrépide Bertrand, qui

venait de planter son enseigne sur la muraille,
voulant passer d'un endroit à un autre, mit le
pied sur un morceau de bois pourri et tomba
dans la cour du château; il eut la jambe
cassée de cette chute. Ce vaillant homme,
s'étant relevé avec beaucoup de peine, s'ap-
puya le dos contre la muraille, et, se soute-
nant seulement sur une jambe, il attendit
qu'on vînt le secourir. Il n'avait pas aban-
donné sa hache; il la tenait d'une main, et de
l'autre il soulevait sa jambe blessée. Il était
couvert de sang; ses armes étaient faussées
en plusieurs endroits : il était accablé de douleur et de faiblesse. Cinq Anglais, l'ayant
aperçu dans cet état, se hâtèrent de le joindre
dans l'espérance de s'enrichir de ses dépouil-
les. Ils l'attaquèrent tous cinq à la fois; mais
ils virent bientôt leur nombre diminuer de
deux de leurs camarades, que Duguesclin
étendit morts à ses pieds : les autres redou-
blèrent leurs efforts, mais avec précaution.
Bertrand, se voyant près de sa fin, voulait
illustrer ses derniers moments par une résistance vigoureuse. Il allongeait à ses ennemis
de terribles coups de hache qui les obligeaient
à se tenir éloignés; mais le sang qui sortait
de sa blessure diminuait ses forces à mesure

qu'il en avait le plus besoin, et sans doute il allait succomber, malgré son grand courage, si un officier breton, nommé Honger, ne fût venu charger les Anglais qui l'entouraient. Il les eut bientôt mis en fuite; puis, aidé de quelques gentilshommes, il porta Duguesclin dans sa tente.

Quelques siècles plus tard, sous Louis XIII, Thoiras, gouverneur de l'île de Ré, soutenait depuis six semaines tous les efforts des Anglais qui cherchaient à s'en emparer. Il était assiégé dans une petite place, qui n'était guère défendue que par son habileté et par son courage, les fortifications en étant en fort mauvais état. Il lui fallait un prompt secours; mais la flotte anglaise tenait la mer et il ne lui était pas possible de faire sortir la moindre barque. Comment instruire de sa situation l'armée française qui assiégeait La Rochelle sous les ordres du cardinal de Richelieu?

Un soldat gascon fut informé de l'embarras du gouverneur et alla s'offrir à lui, promettant de passer à la nage le bras de mer, de deux lieues au moins, qui sépare l'île de Ré

de La Rochelle et de porter de ses nouvelles
au cardinal. Charmé de son zèle, le gouverneur ne balança pas à lui donner des ordres.
Le soldat attendit la nuit, et partit aussitôt.
Le bruit qu'il faisait en nageant attira de son
côté plusieurs barques anglaises. Dès qu'elles
furent près de lui, il plongea à diverses re-
prises ; elles crurent que c'était un poisson,
et lui laissèrent continuer sa route.

Le soldat la fit heureusement, quoiqu'à
travers des dangers sans nombre, exposé à
tout instant à être découvert par les Anglais,
ou à s'égarer dans les ténèbres, obligé de
lutter contre les vents et contre les flots, en-
traîné par les courants, pourchassé par de
gros poissons, dont quelques-uns le suivirent
jusqu'au rivage. Son courage et son zèle lui
donnèrent de nouvelles forces : il arriva, vit
le cardinal, et s'acquitta fidèlement de sa
commission.

Un poète du temps célébra en vers latins
la belle action de cet héroïque soldat ; voici la
traduction de cette petite pièce de poésie :

« La postérité le croira-t-elle? Un soldat
généreux osa traverser les mers à la nage
pour porter les ordres de son général. Dans
le silence de la nuit, il se précipite au milieu

des flots et des dangers. De toutes parts la
mort l'environne. Quels sont tes desseins,
brave guerrier?... Quelles pensées occupent
ton âme?... De quel œil vois-tu le trépas?...
Mais il ne songe qu'à continuer sa route à la
clarté de la lune. L'amour de la patrie l'em-
porte dans son cœur sur la crainte de la
mort. Heureux d'arriver malgré tant de périls! Plus heureux encore d'avoir osé les
braver pour servir sa patrie et son roi! »

On a vu à Sénef (1674), dans la plus grande
horreur du combat, M. de Villars soutenir
lui seul l'effort d'un bataillon ennemi, blessé
et obstiné à perdre tout son sang plutôt que
d'abandonner son poste. N'est-il pas compa-
rable à cet Horace de l'ancienne Rome, dont
ses compatriotes avaient regardé le courage
comme faisant l'étonnement de l'univers?

Quel courage! Quelle grandeur d'âme dans
le jeune Brienne! Ayant le bras fracassé au
combat d'Exiles, il monte encore à l'escalade
en disant : « Il m'en reste un autre pour mon
» roi et ma patrie... » Ne pouvant plus saisir
de ses mains blessées les palissades des re-
tranchements ennemis, il meurt en les arra-

chant avec ses dents. Ne vaut-il pas bien un Cynégire?

Le marquis de Boufflers, à l'âge de dix ans, eut une jambe cassée dans la journée de Dittingue : il la fait couper sans se plaindre, et meurt de même : exemple de fermeté rare, — presque unique à cet âge.

Le marquis de Beauveau, au siége d'Ypres, est percé d'un coup mortel : en proie aux douleurs les plus poignantes, entouré de nos soldats qui se disputaient l'honneur de le porter, il leur disait d'une voix expirante : « Mes amis, allez où vous êtes nécessaires, » allez combattre, et laissez-moi mourir. » Cette conduite n'égale-t-elle pas celle d'Epaminondas retirant le fer de sa plaie mortelle?

* *

Pendant la conquête de la Lorraine en 1670 par le maréchal de Créqui, sous Louis XIV, un jeune officier français se trouvant sur la Meuse, devant une place qu'on allait forcer, n'eut pas la patience d'attendre le signal pour l'assaut : il sortit de son rang, monta à la brèche, et y causa une si grande épouvante, que les assiégés, ne le croyant pas seul, abandonnèrent la brèche, ce qui entraîna la prise de la place.

Le marquis de Créqui ayant appris cet acte de bravoure qui était aussi un grave manquement à la discipline, fit venir devant lui le jeune officier : au lieu des louanges auxquelles il s'attendait, le maréchal le fit lier et garrotter, et après qu'il eut été promené en cet état plusieurs jours à la suite du camp, il fut mis en prison et condamné à mort, pour être sorti de son rang, et pour avoir agi sans ordres. On le conduisit jusqu'au lieu du supplice. Là se trouvait le général, qui lui accorda sa grâce, lui donna une chaîne d'or, un cheval d'Espagne, et le garda auprès de sa personne, afin de récompenser sa bravoure après avoir puni sa témérité.

La témérité, voilà en effet notre plus grand défaut. Autant, à l'armée, l'intrépidité est indispensable, autant une inutile témérité peut être nuisible. Le sang-froid est aussi utile que le courage, aussi bien aux soldats qu'aux chefs. Turenne, l'un des plus grands généraux du siècle de Louis XIV, nous a laissé à cet égard un précieux exemple. Dans toutes

les circonstances de sa vie, aussi bien à la
ville que sur les champs de bataille, le vicomte
de Turenne demeurait toujours maître de lui-
même. Son sang-froid était remarquable.

Un jour, sur le point d'attaquer les ennemis
qui assiégeaient la ville d'Arras, il n'avait
point les outils nécessaires pour l'établisse-
ment des tranchées. Il en envoya demander par
un de ses gardes au maréchal de la Ferté. Le
garde revint bientôt après dire que M. de la
Ferté les avait refusés, et même avait accom-
pagné son refus de paroles fort désobligean-
tes pour M. de Turenne. Le vicomte se tour-
nant alors vers les officiers qui se trouvaient
auprès de lui, se contenta de dire :

— Puisqu'il est si en colère, il faut se passer de ses outils, et faire comme si nous les
avions.

Le même maréchal de La Ferté, ayant
trouvé un autre garde du vicomte de Turenne
hors du camp, lui demanda ce qu'il faisait;
et, sans attendre sa réponse, il s'avança sur
lui et lui donna des coups de canne. Le malheureux vint se présenter tout en sang à son
chef, exagérant fort les mauvais traitements
qu'il avait reçus. Le vicomte feignit de s'en
prendre au garde et lui dit :

— Il faut que vous soyez un bien méchant homme pour l'avoir obligé à vous traiter de la sorte.

Et, ayant envoyé chercher le lieutenant de ses gardes, il lui ordonna de mener sur-le-champ le même garde au maréchal de La Ferté, de lui dire qu'il lui faisait excuse de ce que cet homme lui avait manqué de respect, et qu'il le remettait entre ses mains pour lui infliger telle punition qu'il lui plairait.

Le maréchal de La Ferté, surpris lui-même d'une telle modération, s'écria avec une espèce de jurement qui lui était assez ordinaire :

— Cet homme sera-t-il toujours sage, et moi toujours fou?

Le carrosse de M. de Turenne s'étant trouvé un jour arrêté dans les rues de Paris par un embarras, un jeune homme de condition qui ne le connaissait point et dont le carrosse était à la suite du sien, tomba à grands coups de canne sur le cocher de Turenne, parce qu'il n'avançait pas assez vite à son gré. Le vicomte regardait tranquillement cette scène; mais un marchand, sorti de sa boutique un bâton à la main, se mit à crier :

— Comment! on maltraite ainsi les gens de M. de Turenne!

TURENNE ÉTAIT ADORÉ DE SES SOLDATS. (P. 18.)

A ce nom, ce jeune homme se crut perdu : il courut à la portière de M. de Turenne lui demander pardon. Le vicomte, qu'il croyait bien en colère, lui dit en souriant :

— Monsieur, vous vous entendez fort bien à corriger mes gens ; quand ils feront des sottises, ce qui leur arrive souvent, je vous les enverrai.

⁎

Grâce à ce sang-froid et à cette modération qui ne se démentaient jamais, grâce aussi à sa bonté naturelle, Turenne était adoré de ses soldats qui avaient en lui la plus grande confiance. Il obtenait aisément d'eux tout ce qu'il voulait. Lorsque, en 1675, il fut tué par un boulet de canon à Salzbach, il fut pleuré par la France entière qu'il avait sauvée par deux fois de l'invasion.

Souvenez-vous, a pu dire à juste titre Fléchier dans l'oraison funèbre de ce grand capitaine, « souvenez-vous, Messieurs, du commencement et des suites de la guerre, qui, n'étant d'abord qu'une étincelle, embrase aujourd'hui toute l'Europe. Tout se déclare contre la France. On soulève les étrangers, on débauche les alliés, on intimide les amis, on encourage les vaincus, on arme les envieux. Sur

des craintes imaginaires et des défiances ar-
tificieusement inspirées, les intérêts sont con-
fondus, la foi violée, et les traités méprisés.
Il fallait, je l'avoue, pour résister à tant d'armées jointes ensemble contre nous, des troupes aussi vaillantes et des capitaines aussi
expérimentés que les nôtres. Mais rien n'était
si formidable que de voir toute l'Allemagne,
ce grand et vaste corps, composé de tant de
peuples et de nations différentes, déployer tous
ses étendards, et marcher vers nos frontières
pour nous accabler par la force, après nous
avoir effrayés par la multitude.

« Il fallait opposer à tant d'ennemis un
homme d'un courage ferme et assuré, d'une
capacité étendue, d'une expérience consom-
mée, qui soutînt la réputation, et qui ména-
geât les forces du royaume; qui n'oubliât
rien d'utile et de nécessaire, et ne fît rien de
superflu; qui sût, selon les occasions, pro-
fiter de ses avantages, ou se relever de ses
pertes; qui fût tantôt le bouclier, tantôt l'épée
de son pays; capable d'exécuter les ordres
qu'il aurait reçus, et de prendre conseil de lui-
même dans les rencontres.

» Vous savez de qui je parle, Messieurs;
vous savez le détail de ce qu'il fit, sans que je

le dise. Avec des troupes considérables seulement par leur courage et par la confiance qu'elles avaient dans leur général, il arrête et consume deux grandes armées, et force à conclure la paix par des traités ceux qui croyaient venir terminer la guerre par notre entière et prompte défaite. Tantôt il s'oppose à la jonction de tant de secours ramassés, et rompt le cours de tous ces torrents qui auraient inondé la France. Tantôt il les défait ou les dissipe par des combats réitérés. Tantôt il les repousse au delà de leurs rivières, et les arrête toujours par des coups hardis, quand il faut rétablir la réputation ; par la modération, quand il ne faut que la conserver.

» Villes, que nos ennemis s'étaient déjà partagées, vous êtes encore dans l'enceinte de notre empire. Provinces, qu'ils avaient déjà ravagées dans le désir et dans la pensée, vous avez encore recueilli vos moissons. Vous durez encore, places que l'art et la nature ont fortifiées, et qu'ils avaient dessein de démolir, et vous n'avez tremblé que sous des projets frivoles d'un vainqueur en idée, qui comptait le nombre de nos soldats, et qui ne songeait pas à la sagesse de leur capitaine. »

* * *

A la suite des traits de modération et de sang-froid du grand Turenne, voici une belle action accomplie par un jeune soldat qui a fait passer son attachement au devoir militaire avant son animosité et ses rancunes personnelles.

Pendant le siége de Namur, que les puissances alliées contre la France firent au commencement de ce siècle, il y avait dans le régiment du colonel Hamilton un sous-lieutenant, appelé Union et un soldat nommé Valentin. Ces deux hommes étaient rivaux; et les querelles particulières que leur amour pour une même personne avait fait naître les rendirent ennemis irréconciliables. Union, qui se trouvait l'officier de Valentin, saisissait toutes les occasions possibles de le tourmenter et de faire éclater son ressentiment : le soldat souffrait tout sans résistance; mais il disait quelquefois qu'il donnerait sa vie pour être vengé de ce tyran. Plusieurs mois s'étaient passés dans cet état, lorsqu'un jour ils furent commandés l'un et l'autre pour l'attaque du château : les Français firent une sortie, où l'officier Union reçut un coup de feu dans la cuisse. Il tomba; et comme les Français pressaient de toutes parts les trou-

pes alliées, il s'attendait à être foulé aux pieds.
Dans ce moment critique, il eut recours à son
ennemi :

— Ah! Valentin, s'écria-t-il, peux-tu m'a-
bandonner?

Valentin, à sa voix, courut précipitamment
à lui, et, au milieu du feu des ennemis, il mit
l'officier sur ses épaules, et l'enleva coura-
geusement à travers le danger jusqu'à la
hauteur de l'abbaye de Salcire : en cet endroit, un boulet de canon le tua lui-même
sans toucher l'officier. Valentin tomba sous
le corps de son ennemi qu'il venait de sau-
ver : celui-ci, oubliant alors sa blessure, se
releva en s'arrachant les cheveux, et se reje-
tant aussitôt sur ce corps défiguré :

— Ah! Valentin s'écria-t-il en rompant un
silence mille fois plus touchant que les lar-
mes les plus abondantes, — Valentin, est-ce
pour moi que tu meurs?... pour moi, qui te
traitais avec tant de barbarie?... Je ne pourrai
pas te survivre, je ne le veux pas...

Il fut impossible de séparer Union du cada-
vre sanglant de Valentin, malgré les efforts
qu'on fit pour l'en arracher; enfin on l'enleva
tenant toujours embrassé le corps de son
bienfaiteur; et pendant qu'on les portait ainsi

l'un et l'autre dans les rangs, tous leurs
camarades, qui connaissaient leur inimitié,
pleuraient à la fois de douleur et d'admiration. Lorsque Union fut ramené dans sa tente,
on pansa de force la blessure qu'il avait reçue ; mais, le jour suivant, ce malheureux
mourut accablé de regrets en appelant toujours Valentin.

M. Steel, qui rapporte ce fait, propose en
même temps ce problème à résoudre : « Lequel de ces deux infortunés montra plus de
générosité, celui qui exposa sa vie pour son
ennemi, ou bien celui qui ne voulut pas survivre à son bienfaiteur ?...

Pour nous, nous pensons que l'officier dut
l'excès de vertu dont il fit preuve à l'héroïsme
et à la générosité déployés d'abord par son
ennemi le simple soldat ; par suite, l'imita-
teur ne saurait être aussi grand que le mo-
dèle.

La longue et terrible lutte entre la France
et l'Angleterre, — raconte M. H. d'Aussy
(*Chroniques Saintongloises et Aunisiennes*), à
qui nous empruntons les détails qui suivent
sur la mort du commandant Brassine, — com-
mencée en 1793 est continuée jusqu'en 1814,

sans autre interruption que l'armistice connu
sous le nom de *traité de paix d'Amiens*, cette
guerre dévorante, à laquelle avaient pris part
toutes les nations d'Europe et même plusieurs
peuples des autres parties du monde, s'était
portée, au mois d'octobre 1813, sur les rives
de la Pleiss et de l'Elster. Un linceul de neige
avait recouvert, pendant la désastreuse retraite de Moscou, la plus formidable armée
qui eût encore existé à cette époque. L'empereur Napoléon, vaincu par les éléments,
n'avait pas perdu le prestige qui s'attachait à
son nom ; il avait appliqué les prodigieuses
ressources de son génie à créer de nouvelles
légions, et il avait réussi à les enflammer de
cette ardeur enthousiaste qu'il savait si bien
inspirer à ses soldats. Les alliés avaient en-
vahi la moitié de la Saxe ; ce fut là que Napoléon dirigea en toute hâte les forces dont il
pouvait disposer. Vainqueur à Lutzen, à
Bautzen et dans quelques autres combats
moins importants, il ne remporta pas cependant de victoires décisives, faute de cavalerie,
et bientôt les alliés, très supérieurs en nombre aux Français, eurent à leur tour des avantages qui obligèrent l'Empereur à concentrer
son armée sous les murs de Leipsick pour

repousser l'attaque dont il était menacé. Le
prince de Schwartzenberg, général en chef
des troupes autrichiennes, russes et prus-
siennes, avait manœuvré avec habileté pendant les journées des 16 et 17 octobre, et
Napoléon avait disposé ses divisions avec ce
grand art de la stratégie que donne le génie
des batailles et que perfectionne une longue
expérience.

A huit heures du matin, la bataille com-
mença, et, à dix heures, une effroyable canon-
nade se fit entendre sur les deux lignes. Mais
il est temps de parler de l'officier au souvenir
duquel sont consacrées ces quelques lignes.

M. Brassine était capitaine au 9ᵉ hussards
lorsque ce régiment était détaché sur les côtes
de l'Aunis pour observer les mouvements de
l'escadre anglaise et empêcher les débarque-
ments qui auraient pu avoir lieu dans ces
parages, surtout aux environs d'Angoulins, à
l'effet d'en enclouer les batteries ou de se
livrer à quelques actes de déprédations. Les
officiers venaient souvent à La Rochelle, et
dans cette ville M. Brassine fit la connais-
sance d'une jeune fille qu'il ne tarda pas à
épouser : à peine l'eut-elle rendu père qu'il
fallut prendre la route de l'Allemagne, c'est-

à-dire des batailles. Son régiment n'arriva pas
à temps cependant pour faire partie de l'armée
prête à entrer en Russie. Il resta en Pologne,
et, au retour des débris des malheureuses
colonnes françaises, montant à environ trente
mille hommes, seuls restes de trois cent cin-
quante mille, il soutint constamment la retraite jusqu'en Saxe et obtint le grade de chef
d'escadron dans un régiment de chasseurs.
Napoléon réalisait pour ses officiers tout ce
que l'imagination pouvait concevoir de fan-
tastique; deux grades, une décoration, un
titre, une dotation, pouvaient s'obtenir dans
une campagne, sous les yeux d'un souverain
arbitre des destinées de l'Europe; ce cercle
magique dans lequel tournait rapidement
cette génération fière et enthousiaste de jeunes guerriers idolâtres de l'Empereur et de la
gloire, identifiée pour eux en sa personne,
leur faisait supporter avec une généreuse au-
dace et même avec allégresse les dangers les
plus terribles; et ils étaient tellement décimés
chaque jour par le feu de l'ennemi, qu'on pouvait leur appliquer cette pensée si vraie de
Bernardin de Saint-Pierre, en y faisant seulement un bien léger changement : *La vie de
ces officiers, avec leur avancement, avec leurs*

décorations , leur fortune militaire , s'élevait
comme une petite tour dont la mort était bientôt
le couronnement. Le chef d'escadron Brassine
se trouva aux batailles de Lutzen, de Bautzen, à tous les combats qui se livrèrent alors
en Saxe; son colonel avait été blessé, les
deux autres chefs d'escadron tués ; il fut donc
investi du commandement de son régiment,
déjà fort affaibli par des pertes réitérées.

Après des alternatives de revers et de succès, les alliés concentrèrent leurs forces et
cernèrent l'armée française autour de Leipsick. Napoléon se prépara à les recevoir,
ainsi que je l'ai dit, et, prévoyant que cette
bataille générale déciderait enfin du sort de
l'Allemagne et peut-être de celui de l'Europe,
il fit les plus grands efforts pour triompher de
la masse d'ennemis qui l'enveloppaient de
toutes parts. Il avait combiné les plus savan-
tes manœuvres et il voulut que des mouvements de troupes, dont il attendait de grands
résultats, fussent dérobés aux généraux
alliés. Le commandant Brassine reçut l'ordre
d'aller, avec quelques autres détachements de
cavalerie, occuper une position derrière laquelle l'infanterie devrait manœuvrer pour
tourner des batteries placées sur une émi-

nence. A peine cette cavalerie avait-elle déployé ses rangs que des pièces de canon s'avancèrent contre elle à demi-portée et commencèrent d'effroyables décharges. Je ne crois pas qu'on puisse assimiler aucune situation à l'obligation terrible de rester immobile en face de la mort, sans faire un mouvement pour l'éviter, soit en chargeant, soit en se retirant. Dans le premier cas, l'ardeur du combat, l'espoir de vaincre et de se signaler, font promptement oublier le danger; et, dans le second, il est certain que dans quelques minutes on n'aura plus rien à craindre.

Ce sentiment du courage porté jusqu'à l'exaltation n'est-il pas mis à l'épreuve la plus cruelle lorsque des milliers de boulets et une pluie de mitraille frappent et renversent des rangs qui ont dû rester immobiles et attendre la mort sans chercher même à se défendre? Une batterie prussienne, de trente pièces de canon, était placée à demi-portée de l'emplacement qu'occupait le régiment de M. Brassine et tirait avec vivacité. Mais les artilleurs, pointant trop bas, n'avaient pas encore porté de grands ravages au milieu des rangs français, lorsque des officiers arrivèrent et firent aussitôt changer la direction des pièces; alors les boulets firent d'énormes trouées. M. Brassine s'était placé, comme chef, au centre du premier rang; son cheval eut une jambe emportée. Cet intrépide officier se hâta d'en monter un autre, et, deux minutes après, ce cheval reçut un boulet dans le poitrail. M. Brassine se fit amener un troisième cheval (il n'en manquait pas dont les cavaliers jonchaient le champ de bataille), et, persuadé que bientôt il allait perdre la vie, car il voyait qu'il était le point de mire de l'artilleur placé en face de lui, il traça très rapidement au crayon les mots suivants, adressés à sa femme : « Ma chère amie, nous sommes en- » gagés dans une furieuse bataille; trente » pièces de canon tirent sur nous à demi- » portée; j'ai déjà eu deux chevaux mis hors » de combat. J'ai lieu de croire que je touche » à ma dernière heure. Reçois mes embras- » sements et mes adieux, et ne m'oublie pas. »

Il fit parvenir ces lignes à un lieutenant placé à l'extrémité du rang, de main en main et sans déranger un seul homme, en lui faisant dire d'envoyer ce billet à son adresse, s'il échappait à la mort. A peine avait-il fait ces dispositions, qui durèrent peut-être trois minutes, qu'un boulet frappa le malheureux

commandant Brassine au milieu du corps,
ainsi qu'il venait de le prévoir. Sa femme
reçut ce billet, qu'elle fit couvrir d'un verre
comme un médaillon...

On sait qu'après des efforts inouïs l'armée
française fut forcée de céder à la supériorité
numérique des alliés. Sans la défection des
Saxons et des Wurtembergeois, il y aurait eu
moins de désordre dans la retraite, mais la
victoire était impossible contre des ennemis
trois fois plus nombreux que les Français qui
se battaient avec acharnement.

Que de traits touchants et déplorables nous
révéleraient les annales de la guerre, si tout
à coup elles se déroulaient à nos yeux.....

Sans doute, que de traits touchants!... Que
d'actions héroïques!... Que de noms modestes demeurés obscurs mériteraient d'être
mieux connus!... Voici, entre autres, deux
autres soldats de l'épopée révolutionnaire et
impériale, à qui, au mois d'avril 1889,
M. Charles Frémine a consacré les lignes
suivantes sous le titre de *Deux héros inconnus.*

Les grands hommes que l'on exhume,
dit-il, et dont on se prépare à transporter les

restes au Panthéon, ont un nom retentissant, depuis longtemps inscrit dans l'histoire. Nombreux sont les héros obscurs, — les uns, tombés au milieu de l'action, enfouis pêle-mêle avec leurs camarades dans la grande fosse anonyme; les autres, épargnés par le fer, qui sont revenus mourir dans leur village natal, et dont on chercherait en vain la tombe parmi les croix du cimetière.

Au nombre de ces derniers, le canonnier Nicolas Hennequin et le capitaine Laisné méritent d'être cités. Ils appartiennent tous les deux au département de la Manche. Leurs actes comme leurs noms ne sont inscrits que dans la mémoire de leurs parents et de leurs compatriotes.

Nicolas Hennequin est du hameau du Mesnil, englobé dans le canton de Barneville-sur-Mer. Il était maître canonnier à bord de la flotte que commandait, devant Boulogne, l'amiral Latouche-Tréville, et que le premier consul avait rassemblée en vue d'une descente en Angleterre. Nelson veillait. Une nuit — la nuit du 16 août 1801 — il donna l'ordre à toutes ses embarcations armées en guerre d'enlever nos canonnières à l'abordage. On veillait également à bord de la flotte française. Dans l'attaque furieuse des Anglais, Nicolas Hennequin reçoit un coup de pique qui lui détache l'œil de l'orbite. On l'entraine au poste des blessés; son œil est remis en place avec un bandeau par-dessus. Hennequin oublie sa douleur. Il remonte sur le pont, s'arme d'une hache d'abordage et tombe sur les Anglais, qui sont refoulés en désordre.

Une hache d'honneur fut la récompense de ce trait héroïque.

Cette hache a été conservée par la famille. Elle est aujourd'hui entre les mains du petit-fils de Nicolas Hennequin, officier de cuirassiers en retraite. Un de mes amis, le docteur Mesnil, médecin-major de la flotte, a bien voulu m'en communiquer la photographie. Cette hache est en bronze; le manche est masqué par une tenture décorative en forme de rideau, sur laquelle on lit l'inscription suivante :

Le premier consul
Au citoyen Nicolas HENNEQUIN
Maître canonnier
Combat du 27 thermidor an IX
Devant Boulogne.

L'autre, le capitaine Laisné, est de Mortain. Il était lieutenant porte-drapeau au combat d'Arcole. C'est lui qui tenait le drapeau au passage du pont. Il l'a répété toute sa vie : « Eh quoi! disait-il en s'indignant, j'aurais donc été un lâche? Bonaparte m'aurait arraché le drapeau des mains? Est-ce que ces choses-là se font? C'est moi qui portais le drapeau. Bonaparte, l'épée à la main, marchait à côté de moi. »

Mais la légende était faite. Bonaparte connaissait la force de l'imagerie. Il a su s'en servir, — et toujours on le verra passer le pont d'Arcole le drapeau à la main.

Quant au lieutenant porte-drapeau Laisné, il est mort simple capitaine, le corps couvert de blessures, à Mortain où il a été enterré vers 1840.

* *

J'aimais, dans ma jeunesse, écrivait M. H. d'Aussy vers 1850, « à assaillir de questions les vétérans des armées de Belgique, de Vendée, d'Espagne, de Savoie, de Hollande, d'Allemagne, d'Egypte, de Suisse, et à apprendre d'eux une foule de détails et de particularités déjà tombés dans l'oubli et susceptibles pourtant d'offrir de l'intérêt. » Et l'écrivain saintongeois rappelle les noms de

C'EST MOI QUI PORTAIS LE DRAPEAU. (P. 35.)

quelques-uns de ces modestes héros revenus à Saint-Jean-d'Angély pour y terminer leur existence si bien remplie.

Nous avons tous connu, dit-il, le bon M. Poitevin, le bottier, mort il y a peu de temps ; il était impossible d'avoir une tournure moins martiale ; il avait cependant été soldat ; et, à la bataille de Zurich, son bataillon avait été laissé en réserve pour la garde de la ville ; mais M. Poitevin, ennuyé de rester dans l'inaction, trouva le moyen de sortir de la place ; il se précipita, en téméraire, au milieu du feu le plus meurtrier ; atteint d'une balle à la cuisse, il fut réformé, et c'est par hasard qu'il m'a raconté ce fait, ignoré probablement de tout le monde.

Braud, l'ancien piéton, mort depuis treize ou quatorze ans, avait monté la garde, seul, dans le temple où avait été déposé le corps du prince Louis de Prusse, tué au commencement de la campagne de 1806, en combat singulier, par un maréchal-des-logis de chasseurs.

Jonchère, habitant de la commune de Woissay, avait eu un bras traversé d'une balle et continuait à charger et à tirer sa pièce de canon, dans un combat contre les

nègres, à Saint-Domingue. Le général Leclerc
le voit couvert de sang ; il le proclame un
brave soldat et le nomme sergent. Le général
mourut bientôt de maladie, et Jonchère revint
dans ses foyers, sans pension, et ne rappor-
tant de cette expédition d'outre-mer, que les
vieux boutons de son uniforme d'artilleur.

Baron (1), le chiffonnier, après avoir fait
toutes les campagnes d'Espagne, a été prisonnier de Mina et emmené de montagne en
montagne pendant un an.

Et Jean Pommereau, chevalier de la Légion
d'honneur et ancien sergent au 1er régiment
des grenadiers de la garde impériale, qui est
mort à l'hospice de Saint-Jean-d'Angély le
2 juin 1850, âgé de soixante-neuf ans : —
Quelques détails sur la vie de ce brave soldat,
glorieux débris des immortelles phalanges
qui ont porté si loin la renommée du nom
français, offriront un intérêt qu'on ne peut
refuser à des faits paraissant plutôt appar-
tenir au roman qu'à l'histoire, mais dont la
vérité n'est cependant pas susceptible d'être
mise en doute.

Jean Pommereau, né à Saint-Jean-d'An-

(1) Les aventures de Baron, d'abord *réfractaire,* puis
brave soldat, sont racontées un peu plus loin.

gély, d'une famille honorable, mais peu aisée,
s'engagea au mois de février 1802, et fut
dirigé sur le 29ᵉ régiment d'infanterie légère ;
il passa, l'année suivante, au 16ᵉ de ligne. Ce
corps faisait partie de l'armée·d'observation,
placée sur les côtes de Boulogne pour renou-
veler l'expédition de Guillaume-le-Conqué-
rant. Malgré la supériorité de ses nombreuses
flottes, l'Angleterre redouta le génie de Napoléon et le courage impétueux de l'armée française. Elle forma donc une nouvelle alliance
avec l'Autriche et la Russie, et l'empereur fit
marcher ses légions au cœur de l'Allemagne.
La brillante campagne de 1805, terminée par
la victoire décisive d'Austerlitz, accrut encore
la gloire de nos soldats. Le grand drame de
la guerre avait commencé pour Pommereau,
et il devait en devenir l'un des acteurs les
plus actifs et les plus intrépides. Aux campagnes de Prusse et de Pologne, en 1806 et 1807,
et à celle d'Autriche en 1809, il fit partie de
cette terrible division de dix mille grenadiers
réunis sous les ordres du maréchal Oudinot,
et se trouva sur les champs de bataille
d'Iéna, d'Eylau, de Friedland, d'Essling et de
Wagram. Détaché en Espagne avec une
brigade de ces hommes d'élite de la plus

vaillante armée de l'univers, il entra en Portugal, en 1810, avec le maréchal Masséna ; le manque de vivres et l'exaspération de la population forcèrent les Français à une retraite très périlleuse. Il revint en France et reçut la récompense de tant de chances hasardeuses par son admission au 2ᵉ régiment de la garde impériale, le 1ᵉʳ janvier 1811 : le 5 juin 1812, il passa aux grenadiers du 1ᵉʳ régiment et s'enfonça dans les profondeurs de l'empire russe, à la suite de l'empereur Napoléon. Il assista aux batailles sanglantes qui précédèrent la prise de Moscou ; il vit l'incendie s'allumer sur tous les points et dévorer cette antique et immense capitale des czars. Il monta la garde au Kremlin, à la porte de l'appartement de l'empereur... Il rentra enfin en Allemagne après avoir vu tomber quatre-vingt-quinze hommes sur cent dans tous les régiments, c'est-à-dire que six cent mille combattants avaient pénétré en Russie à la fin de juin 1812, et que, six mois après, trente mille à peine revinrent en Saxe. Ce n'était plus pour conquérir l'Europe que les Français allaient combattre après les batailles de Leipsick et de Hanau, mais pour défendre le sol de la patrie contre l'invasion de l'étranger.

Jamais les manœuvres stratégiques de l'empereur n'avaient été plus admirables que dans cette lutte de quatre-vingt mille hommes contre cinq cent mille. Le nombre l'emporta enfin sur un courage désespéré. Napoléon, forcé d'abdiquer, se rendit à l'île d'Elbe, et Pommereau, fidèle à son empereur dans l'infortune, le suivit au lieu de son exil. Il avait eu le bonheur d'en être distingué, et Napoléon lui avait parlé plusieurs fois en le désignant par son nom. Il était sergent de grenadiers et chef de poste à Porto-Ferrajo. Le retour de l'île d'Elbe le combla de joie, et il fit partie du dernier carré de la vieille garde dans lequel se retira Napoléon après l'invasion du champ de bataille de Waterloo par les divisions de Bulow. Licencié avec toute l'armée, Pommereau, qui était un excellent *troupier* et avait le goût de la vie militaire, entra dans la garde royale et y recouvra son grade, car il jugeait que la cause personnelle de l'empereur était désormais perdue et il se rattachait au drapeau alors accepté par la France. Il fut nommé chevalier de la Légion d'honneur en 1816, et ne se retira de l'armée qu'en 1824...

⁎⁎

Pendant la période révolutionnaire, à cette époque héroïque où tous les Français en état de porter les armes se levaient en masse pour repousser l'étranger qui envahissait le sol de la Patrie, chaque soldat devenait un héros. Les actions d'éclat passaient pour ainsi dire inaperçues, tant elles étaient fréquentes et nombreuses. Un noble enthousiasme élevait bien haut les cœurs aux heures des luttes terribles que nos pères ont alors soutenues. La France de 1792, — a écrit M. le député Marcellin Pellet dans la préface du *Livre du soldat français,* — « La France de 1792 n'avait qu'à enregistrer les hauts faits de ses enfants pour donner une suite aux récits de Plutarque. »

Le *Livre du Soldat français,* recueil d'actions héroïques accomplies par les soldats de la première République, fut composé à la fin du siècle dernier par Championnet, le fondateur de la *République Parthénopéenne,* et illustré de nombreux dessins dus également au général patriote.

Jean-Etienne CHAMPIONNET, né à Valence en 1762, partit à la frontière, en 1792, lors de l'appel de la *Patrie en danger,* à la tête du 6ᵉ bataillon des volontaires de la Drôme.

Colonel après le combat d'Arlon, il était général à la fin de 1793 et contribua à la victoire
de Fleurus (26 juin 1794). Il fut envoyé en 1798
au secours de la République romaine que
menaçaient les Napolitains. Après avoir défait les troupes ennemies, il entra à Naples,
où il fonda la *République Parthénopéienne*. A la
suite d'une campagne malheureuse qu'il fit à
la tête de l'armée des Alpes, en 1799, et pendant laquelle ses soldats furent décimés par
le typhus, il tomba dans le découragement,
fut lui-même atteint par l'épidémie et alla
mourir à Antibes, le 9 janvier 1800. Il fut enterré dans les fossés de la citadelle. Sur la
pierre qui recouvre ses restes on lit ces simples mots : « Ci-gît Championnet, général de
la République. »

Dans les courts loisirs des bivacs, Championnet, dit M. Eug. Liébert, « dessina sur
des feuilles volantes les beaux traits militaires dont il avait été témoin. Ses propres
soldats furent ses vivants modèles... Ah ! le
bel ouvrage et qu'il éveille de fiers et nobles
sentiments dans sa simplicité antique ! Je n'ai
pas pu me défendre d'un mouvement de respect filial en quelque sorte en songeant que
tous ces héros obscurs dont le crayon de

Championnet a fixé les traits ont vraiment vécu, qu'ils ont été nos pères, et qu'en un mot nous avons là, aujourd'hui sous nos yeux, les images authentiques des soldats de la Révolution retracées par un général de la République. »

Voici, empruntés au *Livre du Soldat français*, quelques-uns des traits héroïques qu'il mentionne, traits toujours nombreux dans nos guerres nationales — heureuses ou malheureuses — mais dont une étude attentive nous enseigne à ne jamais perdre l'espérance : nous citons textuellement.

*   *

« On relève une sentinelle perdue qui avait dû succomber sous le feu de l'ennemi. Son frère, qui venait d'achever près de là sa faction, dit au caporal : — *Mon frère n'ayant pu achever la sienne, je vais la continuer pour lui.*

» Ces deux frères étaient du 3ᵉ bataillon du Doubs. »

*   *

« Le 10 septembre 1792, DAVID, sergent des grenadiers de Bressuire, retirant avec un couteau une balle qu'il avait dans les entrailles, disait à son camarade : — *La voilà, je vais la leur rendre!* — Et il en chargea son fusil. »

« Coquillon, brigadier au 3ᵉ régiment de dragons, suivi de quatre de ses camarades, met en fuite une compagnie entière de hussards autrichiens, qui emmenait un troupeau de moutons, en leur criant : — *Vous êtes prisonniers, abandonnez ces moutons, ou vous périssez tous, car nous ne sommes que l'avant-garde.*

» Ce trait de hardiesse réussit, car ils ramenèrent seuls vingt-cinq prisonniers et le troupeau.

» Ce fait d'armes se passait le 12 septembre 1792, près de Beaumont, en Argonne. »

« Louis-Joseph Moreau, trompette de hussards, voyant emmener un de ses chefs, fait prisonnier par un piquet de cavalerie ennemie, fond sur le groupe, le sabre et le pistolet à la main, en criant : — *Non, vous ne l'emmènerez pas!* — Il en tue plusieurs et ramène son officier.

» Ce trait a eu lieu dans **une campagne du** Rhin. »

* *

Les enfants eux-mêmes figurent avec honneur dans ce recueil :

« Méril, âgé de quatorze ans, tambour de
chasseurs, le 6 août 1792, à l'affaire de
Rulsheim, battant la générale, fut assailli
par des tirailleurs hulans qui lui coupèrent la
main droite pour l'empêcher de battre. Méril
les regarde de sang-froid et continue de battre
de l'autre main. Les hulans, indignés de ce
qu'il dit : — *Je battrai malgré vous jusqu'à la
mort,* — finirent par l'assassiner. »

* *

Tous nos jeunes lecteurs connaissent au
moins de nom un autre enfant, Joseph Barra,
massacré lui aussi, tout comme Méril, malgré son jeune âge, pendant cette époque de
notre histoire, mémorable entre toutes.

Voici, d'après la version qu'en a donnée le
Magasin pittoresque il y a une cinquantaine
d'années, le récit de cette mort glorieuse qui
a rendu immortel le nom du jeune soldat ré-
publicain :

« Joseph Barra était un enfant de la commune de Palaiseau, près de Versailles.

JOSEPH BARRA. (P. 47.)

En 1792, saisi d'une exaltation précoce, il demanda à s'engager et entra dans la division de Bressuire, commandée par Desmares. Il n'avait pas douze ans. Il partagea toutes les fatigues et tous les dangers de la guerre. Une fois, il lutta seul contre deux ennemis et les fit prisonniers. Au mois de frimaire an II (le 22 novembre 1793), frappé au front d'un coup de sabre dans une mêlée, il tomba et mourut en pressant la cocarde tricolore sur son cœur (1).

» Cette mort, qui eût été glorieuse pour tout soldat, parut héroïque dans un enfant qui, à un âge ordinairement insouciant et consacré aux jeux et au bonheur, avait compris et consommé volontairement un si grand sacrifice.

» Le commandant Desmares en donna avis à la Convention. Il terminait ainsi son rapport : « Aussi vertueux que courageux, se » bornant à sa nourriture et à son habille- » ment, il faisait passer à sa mère tout ce qu'il

---

(1) M. Henri Martin raconte cet événement d'une façon un peu différente. « Barra, dit-il, enveloppé par les insurgés qui le sommèrent de crier : *Vive le roi !* répondit par le cri de : *Vive la République !* et mourut, criblé de coups, en embrassant sa cocarde tricolore. »

» pouvait se procurer : il la laisse avec plu-
» sieurs filles et son jeune frère infirme, sans
» aucune espèce de secours. Je supplie la
» Convention de ne pas laisser cette malheu-
» reuse mère dans l'horreur de l'indigence. »

» La Convention décida que la patrie adop-
tait la mère de Barra. Le 10 prairial an II,
cette pauvre femme fut admise, avec deux de
ses enfants, dans l'enceinte de l'Assemblée,
et elle prit place quelques instants à côté du
président, qui était Prieur, de la Côte-d'Or.
Des applaudissements unanimes s'élevèrent
et se prolongèrent dans toutes les parties de
la salle. Un orateur lui adressa quelques
paroles de consolation :

« Non, tu n'as rien perdu, lui dit-il, ton
» fils n'est pas mort; il a reçu une nouvelle
» existence, et il est né à l'immortalité. »

» Le théâtre de l'Opéra-Comique représenta
une pièce dont le héros était Joseph Barra; la
musique était de Grétry. Le Théâtre-Français
donna aussi une *Apothéose du jeune Barra.*

» Le 8 nivôse de la même année, on rendit
le décret suivant : « La Convention nationale
» décerne les honneurs du Panthéon au jeune
» Barra. Louis David est chargé de donner
» ses soins à l'embellissement de cette fête

» nationale. La gravure qui représentera l'ac-
« tion héroïque de Joseph Barra sera faite aux
» frais de la République, d'après un tableau
» de David. Un exemplaire, envoyé par la
» Convention nationale, sera placé dans cha-
» que école primaire. »

» Le tableau du célèbre peintre David n'a
point été exécuté. Barra n'a pas eu les honneurs du Panthéon. Emu par les souvenirs
que nous venons de retracer, notre grand
sculpteur David d'Angers s'est donné lui-
même la mission d'éterniser la mémoire de la
jeune victime. Sa statue, chef-d'œuvre d'ex-
pression et de modelé, a été unanimement ad-
mirée au salon de peinture de l'année 1839. »
Elle est maintenant, croyons-nous, au Musée
de Versailles.

La pensée exprimée par le décret de la
Convention cité plus haut a été reprise, à la
fin de l'année 1886, par M. Turquet, député
de l'Aisne, et alors sous-secrétaire d'Etat au
ministère des beaux-arts. Il a réuni Barra et
Viala (un autre héroïque enfant que nous
allons aussi faire connaître à nos lecteurs)
pour rendre un commun hommage patrioti-
que à leur double mémoire. Ce ne sont point,
il est vrai, les portraits gravés des deux jeu-

nes héros qui seront bientôt placés dans
toutes les écoles primaires, mais des bustes
en plâtre, reproduction des deux bustes origi-
naux, œuvre du statuaire Truffier, qui ont été
donnés au prytanée militaire de La Flèche,
où ils demeureront au milieu des fils de soldats et d'officiers.

Barra avait été incorporé dans la cavalerie,
— avons-nous déjà écrit ailleurs (*Héroïsme
militaire en France*). — Joseph-Agricole *Viala*
était simplement volontaire dans une troupe
de jeunes enfants, petite garde nationale sur-
nommée l'*Espérance de la Patrie*, qui s'était
spontanément organisée parallèlement à la
garde civique dont faisaient partie les pères
et les frères aînés des jeunes patriotes. Nos
bataillons scolaires actuels peuvent donner
une idée de ce qu'étaient alors, dans le midi
de la France, ces ardentes troupes de citoyens
imberbes : c'était en effet Avignon, où il était
né, qu'habitait Viala, choisi pour commandant par les jeunes volontaires de l'*Espérance
de la Patrie*.

Or, en juillet 1793, les royalistes du Midi,
soulevés contre le gouvernement de la Con-

vention, s'étaient rendus maîtres de la rive
gauche de la Durance et marchaient sur
Avignon. Les patriotes de cette ville résolu-
rent de leur barrer le passage. Seulement,
moins nombreux que leurs adversaires, ils
ne purent empêcher ceux-ci de remporter
sur eux un premier avantage. Des pontons
faisaient, à peu de distance d'Avignon, communiquer les deux rives de la Durance : la
possession de ces pontons était donc, pour
chacune des deux troupes, un objectif d'une
sérieuse importance. Les patriotes avignonnais furent contraints par leur petit nombre
de les laisser occuper par les assaillants.

Toutefois, un moyen leur restait encore de
rendre inutile ce premier succès des royalistes : c'était de couper précipitamment les
câbles retenant au rivage les pontons, lesquels seraient alors, avec ceux qui les occu-
paient, emportés au loin par le courant. Mais
cette entreprise hardie était presque impossible, car il s'agissait pour celui qui oserait
s'en charger de parcourir un certain espace
découvert sous un terrible feu de mousque-
terie, — ce qui était s'exposer à une mort à
peu près certaine. Le chef des Avignonnais
demanda cependant un homme de bonne

volonté pour cette périlleuse tentative. Viala, le commandant de la petite garde nationale, âgé de treize ans, se présenta aussitôt.

Son offre fut repoussée, dit Larousse, mais, s'étant emparé d'une hache, il parvint à s'échapper et s'élança vers le poteau où le câble était fixé. Avec son léger mousquet, il fit feu quatre fois sur l'ennemi ; puis, arrivé au poteau, il jeta son fusil et attaqua le câble avec la hache : les balles royalistes pleuvaient autour de lui. Tout à coup, avant d'avoir pu couper le câble, il s'affaissa mortellement frappé à la poitrine. Les royalistes franchirent la rivière, plongèrent leurs baïonnettes dans le corps de l'enfant et le précipitèrent dans la rivière.

A la fin du siècle dernier, pendant toute la durée de l'immortelle épopée de la Révolution française, faisait remarquer naguère M. Eug. Liébert, « tout était grand alors. Quand on disait : *Mourir pour la République*, on y croyait, tout bonnement, comme un commerçant aujourd'hui croit qu'un billet doit être payé à son échéance. On s'acquittait de sa dette envers sa patrie ; quoi de plus juste et de plus simple ? »

*　*　*

Toutefois — et fort heureusement — même
pendant les guerres meurtrières dans lesquel-
les la France fut engagée à la fin du siècle
dernier et au commencement du nôtre, grand
nombre d'intrépides combattants de nos armées échappèrent à la mort des champs de
bataille et, à la paix de 1815, beaucoup revinrent vivre au pays natal. Le capitaine Ferraud fut un de ces glorieux survivants. Voici
les quelques lignes que lui a consacrées son
compatriote, M. d'Aussy.

M. Pierre Ferraud, dit-il, naquit à Saint-
Jean-d'Angély, le 22 novembre 1773. Entré
au 2° bataillon de Vaucluse, le 25 décem-
bre 1792, il assista au siége de Toulon, où
Napoléon fit ses premières armes. Il fit en-
suite les immortelles campagnes d'Italie,
dites de l'an IV et de l'an V, et se trouva à
toutes les batailles qui, tant de fois, couvri-
rent de gloire l'armée française. L'expédition
d'Egypte se prépara, et M. Ferraud en fit
partie. On nous fait constamment admirer
les exploits des Macédoniens, des Carthagi-
nois et des Romains, conquérant des con-
trées lointaines et bravant, chaque jour, des
périls nouveaux; mais l'histoire devra dire
également à quels pénibles travaux se li-

vraient les Français, transportés des rives du
Pô et de l'Arno aux bords du Nil, ayant à
surmonter les dangers d'une guerre d'exter-
mination, les soulèvements des habitants
d'un pays barbare et l'influence d'un climat
dévorant.

Après les campagnes d'Egypte, aussi glo-
rieuses qu'inutiles, M. Ferraud revint en
Italie, où son régiment fit partie d'une division opposée à l'archiduc Charles, en 1805.
Il entra à Naples, l'année suivante, lorsque
Napoléon donna ce royaume à son frère
Joseph. Les Calabrais résistèrent pendant
deux ans aux Français, et cette guerre de
partisans fut exactement semblable à celle
que nous eûmes à soutenir plus tard en Espagne, pour y établir la domination du
même roi.

Resté en Italie, M. Ferraud y combattit de
nouveau les Autrichiens, en 1809. Il fut
nommé sous-lieutenant le 23 août de cette
année; il avait alors près de dix-sept ans de
service. Cet avancement tardif s'explique par
l'extrême modestie de M. Ferraud, qui l'em-
pêchait de faire aucune demande à ses chefs,
et par le peu de faveurs accordées aux armées

qui n'étaient pas sous les ordres immédiats de l'empereur.

En 1811, il obtint le grade de lieutenant et fit partie de cette mémorable et désastreuse campagne de 1812, à laquelle celle de Varus, en Germanie, ne peut pas même être assimilée.

Nommé chevalier de l'ordre de la Légion d'honneur, le 12 mai 1813, et capitaine le 17 juin suivant, il était en Saxe au moment où l'Europe entière déployait ses innombrables bataillons contre les jeunes soldats et les cadres de vieux sous-officiers français. Après la plus héroïque résistance, la bataille de Leipsick eut le même résultat que celle de Pavie, et nous pûmes dire comme François Ier : *Tout est perdu fors l'honneur.*

M. Ferraud commandait une compagnie du 14e régiment d'infanterie de ligne, chargée de couvrir un mouvement important et de rester *l'arme au bras* sous la mitraille de deux batteries de canons, tirant à demi-portée. Le régiment était fort de deux mille hommes; seize cents étaient restés sur le champ de bataille, lorsque les quatre cents autres reçurent l'ordre d'effectuer leur retraite. Ces braves, qui avaient excité l'admiration de

l'ennemi, furent tous placés dans la même
fosse. On avait trouvé leurs rangs alignés,
comme s'ils avaient reçu la permission de
prendre quelques moments de repos, de
même qu'à la bataille de Chéronée, Philippe
vit le bataillon sacré des Thébains, ayant
conservé ses rangs, et couché à la place qu'il
avait occupée, avant de tomber sous les coups
de la cavalerie du jeune Alexandre. Ainsi, le
même acte d'héroïsme s'est renouvelé après
un intervalle de deux mille cent cinquante-un
ans, pour que les annales militaires de la
France n'aient rien à envier à celles des peuples les plus illustres de l'antiquité...

Après la courte et glorieuse campagne
de 1814, le capitaine Ferraud voulut revoir
sa ville natale, qu'il avait quittée depuis vingt-
deux ans... Il goûta une joie inexprimable à
revoir sa famille, et songea dès lors à obtenir
sa retraite, à laquelle il avait droit par ses
campagnes et une blessure qu'il avait reçue
en Tyrol, le 4 novembre 1809. Il ne rentra
point au service en 1815, et, après quelques
mois de demi-solde, il fut admis à la retraite
de son grade, si bien méritée par les gages
de dévouement qu'il avait donnés à sa patrie... Ce brave officier rendit le dernier sou-
pir le 24 mars 1843.

* ★ *

Parmi ceux-là même qui semblaient tout
d'abord le moins disposés à accomplir leur
devoir militaire — c'est-à-dire parmi les
nombreux jeunes gens qui, au début de la
conscription, essayaient de se soustraire à
l'armée et devenaient *réfractaires*, — plus
d'un, une fois incorporé dans un régiment,
comprit mieux ce qu'il devait à la Patrie, devint un soldat courageux — parfois même
héroïque — et prit une part glorieuse aux
combats de nos armées. Tel fut, entre autres, ce conscrit breton dont M. H. d'Aussy
a également retracé la curieuse et intéres-
sante histoire de la façon suivante :

Joseph Baron, dit-il, était né, en 1782, à
Rénac, arrondissement de Redon, département d'Ille-et-Vilaine. A l'époque du tirage
de sa classe, quoique la tranquillité fût réta-
blie en Bretagne, il y avait encore un esprit
d'opposition au gouvernement consulaire,
qui se manifestait par la persistance de la
mauvaise volonté des conscrits à se rendre
sous les drapeaux. Le département d'Ille-et-
Vilaine comptait donc de nombreux réfractaires, parmi lesquels figurait Baron. Celui-ci

était doué d'un talent fort admiré par ses compatriotes : il jouait, dans les assemblées du
pays breton, de l'instrument appelé *biniou*,
afin de faire danser la jeunesse. Monté triom-
phalement sur une barrique, Baron char-
mait ses auditeurs. Il était depuis longtemps
signalé à la gendarmerie comme réfractaire,
et les gendarmes surveillaient et cherchaient
à surprendre le joueur de *biniou*, usant même
de ruse et remplaçant parfois leur uniforme
par un vêtement civil. Ils s'approchaient du
ménétrier ; mais, reconnus aussitôt, un tu-
multe s'ensuivait, pendant lequel Baron sau-
tait lestement à bas de sa barrique et dispa-
raissait dans la foule, qui se prêtait avec em-
pressement à son évasion. Cette manœuvre
adroite lui réussit pendant plus de trois ans,
et on riait du constant désappointement des
gendarmes. Ceux-ci essayèrent cependant de
prendre leur revanche. Ils firent venir des
camarades, de brigades éloignées, habillés
en bons villageois bretons. Ces derniers
pénétrèrent doucement auprès du musicien
et coupèrent avec une serpette le cercle de
son large pantalon, sans que personne s'en
aperçût, et, au moment où la danse était fort
animée, les gendarmes de Redon apparurent,

pour le dénouement, dans la majesté de leur uniforme et se dirigèrent vers Baron; notre homme se jeta bien vite par terre pour fuir comme à l'ordinaire, mais il fut empêtré par son malencontreux pantalon, qui lui tomba sur les jambes, et il lui devint impossible de s'esquiver... Il se résigna à son sort et promit de ne pas déserter, si on voulait lui faire grâce de l'envoi au depôt des réfractaires. On crut à sa parole, qu'il a scrupuleusement tenue, et il fut dirigé sur un régiment de ligne. Il fit les campagnes de Prusse et de Pologne, en 1806 et 1807, fut envoyé à Anvers lors du débarquement des Anglais à l'île de Walcheren, en 1809, et fut enfin rejoindre en Espagne le 66ᵉ regiment d'infanterie. Il fit trois campagnes à l'armée du Centre et passa plus tard au corps d'armée qui faisait le siége de Cadix. Une division de deux mille hommes, dont il faisait partie, fut détachée dans les montagnes de Ronda, pour y détruire de nombreuses guérillas qui s'y étaient réfugiées. Elles furent promptement dispersées; mais des déserteurs allemands donnèrent avis à Ballasteros qu'une faible division française campait auprès de Ronda, sans prendre de grandes précautions pour se garder de l'ennemi, et assurèrent qu'il serait aisé de la surprendre. Le général espagnol se hâta de faire ses dispositions, et, secondé par les habitants, il déroba sa marche aux Français et vint, au milieu d'une nuit obscure, fondre, à la tête de dix mille hommes bien organisés, sur les Français, disséminés sur une assez vaste étendue de terrain et dans la proportion numérique d'un contre cinq. Ballasteros enleva de faibles corps-de-garde ; mais bientôt les tambours battirent la charge, les soldats français coururent aux armes, les officiers en prirent le commandement, le soleil se leva, et les Français chargèrent les Espagnols à la baïonnette avec tant d'impétuosité et de vigueur, qu'ils leur tuèrent plus de quinze cents hommes, firent encore un plus grand nombre de prisonniers, mirent les troupes de Ballasteros dans une déroute complète, et peu s'en fallut même que ce général ne tombât au pouvoir des Français.

Cette action fut très glorieuse pour la division de Ronda ; mais les événements des guerres du Nord firent bientôt rappeler d'Espagne de nombreux régiments, et les Anglais, les Portugais, les Espagnols, réunis enfin sous les ordres immédiats du duc de Welling-

ton, prirent, à leur tour, l'offensive et entrèrent
en Castille. L'Andalousie était déjà évacuée,
et l'armée française battit en retraite et dut
céder, en 1813, à des forces supérieures, le
champ de bataille de Victoria. Baron y fut fait
prisonnier par les guérilleros de Longa, de-
venus troupe de ligne. Conduit devant le
fameux chef Mina avec d'autres prisonniers,
ils furent tous envoyés à Burgos, pour tra-
vailler aux démolitions du fort que nous y
avions construit et auquel les Anglais avaient
livré, l'année précédente, d'inutiles assauts...

A Burgos, Baron fut très misérable; il reçut
plus de coups de bâton que de gratifications,
et rentra en France à la paix de 1814. Il fut
licencié comme ayant neuf ans de service,
retourna dans son pays, et, dominé par l'inconstance de son caractère, il se mit à parcourir la France pour voir si la fortune lui
sourirait sur la route. — Malheureusement il
n'en fut rien, car ce brave soldat, après de
nombreuses vicissitudes causées par son
inconstance, mourut assez misérablement à
Saint-Jean-d'Angély, à l'âge de 74 ans.

Tout récemment encore, « que de traits de

dévouement et d'héroïsme accomplis par nos
soldats pendant la guerre de 1870-71 restent
et resteront toujours ignorés !... A cette époque, les événements se précipitaient avec une
telle rapidité sous le coup de l'invasion du
territoire, que bien des faits de cette guerre
désastreuse, où nous luttions presque désar-
més contre uu ennnemi acharné et préparé
de longue date, n'ont pas même été signalés
dans les rapports militaires ou relatés sur les
états de services de ceux qui en ont été les
héros (1). » L'ex-caporal Nessler, aujourd'hui
percepteur à Cayenne, dans notre colonie de
la Guyanne, fut victime d'un oubli de ce
genre, comme en fait foi l'attestation suivante
de M. le commandant Marchesseau qui, lors
du combat de Bazeilles, était capitaine d'infanterie de marine :

« Je soussigné, chef de bataillon d'infanterie de marine en retraite, officier de la
Légion d'honneur, déclare que le jeune Albert
Nessler, caporal au 4e régiment d'infanterie
de marine, s'est conduit d'une façon digne
des plus grands éloges sur le champ de bataille, alors que la division d'infanterie de
marine était aux prises et luttait, le 1er sep-

_____

(1) Héroïsme militaire après 1789.

tembre 1870, avec tout un corps d'armée
bavarois, au village de Bazeilles.

» Dans cette lutte gigantesque et à jamais
mémorable, qui dura plusieurs heures, j'eus
l'occasion, en me portant sur l'un des flancs
de ma compagnie, qui se battait déployée et
couchée à plat ventre, de remarquer un jeune
caporal, debout au coin d'une haie, faisant le
coup de feu avec une attention soutenue et
paraissant apporter dans son tir un soin
scrupuleux.

» M'étant approché de lui, il me fit connaître qu'il appartenait au 4ᵉ régiment de
l'arme, et que, ayant été envoyé aux avant-
postes, il se trouvait mêlé avec la ligne du
1ᵉʳ régiment; qu'il était occupé à débusquer
quelques tirailleurs bavarois placés et cachés
en avant des lignes ennemies et paraissant
avoir pour mission de tirer sur les officiers
français.

» — Il n'y aurait qu'un moyen de les délo-
ger, lui dis-je, ce serait de les prendre en
flanc en essayant de se rapprocher d'eux le
plus possible; mais la tentative est trop dan-
gereuse.

» — Voulez-vous que j'essaie, mon capitaine? me répondit-il spontanément.

» — Je ne veux vous donner ni autorisation ni ordre, répliquai-je; faites ce que vous voudrez.

» A peine avais-je dit, que Nessler et deux hommes de bonne volonté partirent au pas de course et arrivèrent promptement en face d'un bois occupé par l'ennemi. Nessler laissa sa petite escorte en arrière, traversa seul l'angle du parc, s'embusqua adroitement, et, quelques minutes après, à l'aide de ma lorgnette, je voyais avec joie les tireurs bavarois sortir en toute hâte de leur trou et battre en retraite au pas de course. Le tir très habile du caporal Nessler avait produit l'effet que j'attendais et sauvé la vie assurément à bon nombre des nôtres.

» Après avoir accompli cette mission périlleuse, Nessler revint modestement reprendre le poste de combat qu'il occupait avant, paraissant considérer ce qu'il venait de faire comme une action très simple et très ordinaire, et cependant, pour arriver au résultat obtenu, il avait dû traverser la ligne ennemie et s'embusquer au milieu des tirailleurs bavarois.

» Je lui serrai bien cordialement la main à son retour, en le félicitant et en lui promettant qu'il serait de ma part, en temps utile, l'objet d'un rapport spécial.

NESSLER ET DEUX HOMMES PARTIRENT AU
PAS DE COURSE. (P. 67.)

» Quelques instants après, notre vaillante division d'infanterie de marine, écrasée par le nombre, battait en retraite, après avoir forcé l'admiration de l'ennemi : le lendemain, nous étions tous prisonniers...

» Huit mois après, à mon retour de captivité, mon premier soin fut d'adresser un rapport détaillé sur la belle conduite du caporal Nessler au combat de Bazeilles.

» J'étais resté jusqu'à ce jour sans renseignement sur la suite qui avait été donnée à ce rapport; et comme j'apprends aujourd'hui que non seulement Nessler n'a pas été récompensé, mais que ce fait d'armes n'est même pas relaté sur ses états de services, je m'empresse de refaire un nouveau rapport, qui lui servira au besoin...

» Je termine par une réflexion que j'ai faite souvent, bien souvent, c'est-à-dire chaque fois que l'occasion s'est présentée de parler de cette malheureuse guerre : si l'armée française eût été composée en entier de gaillards solides et trempés comme le caporal Nessler, les événements eussent pu changer de face.

» Fait à Niort, le 2 août 1885.

» *Signé :* MARCHESSEAU. »

* * *

Enfin, et c'est par cette citation que nous
terminerons ce petit volume, voici un simple
soldat, originaire d'Asnières, près de Paris,
dont M. Georges Astruc nous a fait connaître
la glorieuse conduite au Tonkin (dans *As-
nières-Canton*, en juillet 1889) :

Un de nos concitoyens, dit-il, M. Communau fils, nous est revenu du Tonkin, où il
a glorieusement servi le drapeau français.
Grâce à l'obligeance d'un ami, nous avons pu
connaître les hauts faits d'armes de ce vaillant garçon, que nous sommes heureux de
communiquer à nos lecteurs.

L'affaire se passait au Tonkin, le 17 janvier 1889, dans un pays nommé Cho-Moi.

Douze cents Français de toutes armes, sous
le commandement du général Borguis-Des-
bordes, font face à une armée de 8,000 Chi-
nois. Le combat est sanglant et dure depuis
près de dix heures. Nous avons 112 hommes
tués ou mis hors de combat, dont 8 officiers
et 10 sous-officiers.

Au plus fort de l'action, le lieutenant An-
dré, de la 4ᵉ compagnie du 2ᵉ régiment de

marche de l'infanterie de marine, a le pied fracassé par une balle. Le soldat Communau, au milieu d'une grêle de projectiles, n'hésite pas à aller chercher son malheureux chef, mais il ne faut pas songer à le ramener, ce serait aller au-devant d'une mort certaine.

Communau cache son supérieur dans la brousse et rallie au galop.

A huit heures du soir, trompant la surveillance de l'ennemi, et aidé d'un de ses camarades, il retourne chercher son lieutenant, qu'il a le bonheur de retrouver vivant, et qu'il transporte à l'hôpital, où il eut à subir deux amputations.

En récompense de sa belle conduite, Communau a reçu la croix de chevalier de l'ordre royal du Dragon vert de l'Annam. Ce modeste soldat, deux fois revenu en France en congé de convalescence, a demandé chaque fois à retourner au Tonkin.

Une fière réponse de Communau : son lieutenant voulut lui donner une forte somme; il la refusa en disant : « Je ne me bats pas pour de l'argent, je me bats pour mon pays. »

Nous sommes heureux de citer l'acte de vaillance accompli par notre concitoyen, et nous voudrions voir briller sur sa poitrine la médaille militaire. Ce serait justice.

Il y a tant de simples soldats qui se conduisent en héros et dont on ne parle jamais. Nous nous rattrapons aujourd'hui.

FIN.

Limoges. — Imp. E. ARDANT et Cᵉ.